白洲正子のおしゃれ

——心を磨く88の言葉

白洲正子
牧山桂子

新潮社

隠れる部分にこそ、おしゃれをする。

異なるものを集めて
ひとつの美とするおもしろさ。

洋服もきものも、
同じように楽しむ。

自分に似合う
きものがあるように、
きものに似合う
帯がある。

15

いい白生地は、経帷子にも
ウェディングドレスにもなる。

1936年頃、ヨーロッパでの白洲正子

白洲正子 しらす・まさこ

1910－1998

1910年1月7日、東京市麴町区に、父樺山愛輔《あいすけ》と母常子の次女として生まれる。祖父は薩摩藩出身の伯爵で警視総監や海軍大臣を歴任した樺山資紀《すけのり》、父の愛輔は貴族院議員。母の常子は和歌をよくし、着物をこよなく愛した。正子は幼い頃から能を梅若六郎（後の二世梅若實）に習い、14歳の時、女性として初めて能舞台に立つ。学習院女子部初等科を修了後、渡米。ニュージャージー州のハートリッジ・スクールに入学。4年後に卒業し帰国。29年に白洲次郎と結婚、二男一女を得る。古典文学に親しみ、小林秀雄、青山二郎などの影響で骨董にも傾倒する。43年、初の著書『お能』を刊行。その後も能面を求めて各地を旅する。56年、銀座の染織工芸店「こうげい」の経営者となり、以後15年間、古澤《ふるさわ》万千子《まちこ》や田島《たじま》隆夫《たかお》ら多くの工芸作家を見出し、世に送った。64年、『能面』で読売文学賞を受賞。72年、『かくれ里』で再度読売文学賞受賞。その後も『十一面観音巡礼』『日本のたくみ』『西行』『両性具有の美』などで多くの読者を獲得。1998年12月26日、88歳で死去。

■目次■

はじめに〜着物好きの種

牧山桂子

正子はずっと病弱で彼女が十九才の時に亡くなったという彼女の母親の思い出などを殆ど私に語る事はありませんでした。何か母には聞いてはいけないような気がして、父にどんな人だったと聞きますと、お前のおふくろよりずっと綺麗だったというのが常でした。母親の死期が迫っていたので急いで結婚したなどとも照れ隠しに言っておりました。

それに引き換え父親については、スケートに一緒に行くと上手で皆が注目しただとか、テニスをするのに白いフランネルのズボンをはいていたとか、日曜日にはよく横浜のニューグランドホテルのカレーをお昼に食べに行ったとか、御殿場ではよく馬に乗ったとか、父と娘の楽しそうな情景が目に浮かぶような話は時々しておりました。

我が家には、よく皆さまがなさる様に、家族の写真を飾ったりする習慣がなく、私が祖母の写真を見たのはかなり大人になってからの事です。

ある日母は古びた小さな本を何処からともなく出して来て私にくれました。その小さな本はきれいな装丁で、表紙をあけて見ると寂しそうな女の人が写っている写真がでてきました。それを見た時に美人薄命とはこれだとえも言われぬ感動を覚えたのを憶えています。

それは正子の母の常子が詠んだうたの本で、きれいな筈です、画黒田清輝、装丁杉浦非水、編佐佐木信綱とありました。

その頃から正子は自分の母親の話を時々するようになりました。

正子によると、彼女の母親は着物と焼き物にしか興味がなく、年がら年中窯元や陶器店、呉服屋めぐりをしていたそうです。正子の口からは、彼女をしょっちゅう伴ったという言葉は出てきませんでしたが、後年の彼女の自分の母親に勝るとも劣らない、着物好き、焼き物好きの種はその頃蒔かれたのでしょう。

呉服屋さんに行くといつ果てるとも知れない着物や帯の相談を、また陶磁器屋さんでも色や図案などを細かく指示していたそうです。

私の想像ですが、正子は自分の母親の注文する品々が、もう一つ物足りなかったようです。その証拠には、祖母の着物や彼女が注文して焼かせた食器は我が家には殆どありません。後年自分がこうげいという着物の店を始めたのは、いつか自分であの物足りなさを埋めてやろうと思っての事のような気がします。陶器もしかりで、着物が一段落したら窯元に行って思うような食器を注文して売ってみたいと夢みているのがわかりました。

また若い人たちにも買えるような趣味のよい着物や陶器もぜひやりたいとも言っておりましたが、実現しませんでした。

諸般の事情からこうげいは閉めてしまいましたが、その後の人生は幸せな事に世間の皆さまが読んで下さる文章を書いておりました。子供の時から母親の歌詠みのお供に色々なところに連れていかれたのが、下地になっているのではないかと思います。

その様な事も知りませんでしたが、ある年に両親と京都に行った時に嵯峨を車で走っていると、急に母がとあるお寺に寄りたいと言い出しました。その名前も今まで聞いた事がないお寺に着きますと、どんどん勝手知ったる我が家の様に歩いて行き、草深い墓地に分け入り、小さな碑が建っているところに着きました。そこに祖母の名前が刻まれていました。

母に聞きますと、生前嵯峨のあたりが好きであった祖母の分骨したお墓だという事でした。母もしばしば祖母に連れられて、奈良や京都を訪れていたそうです。

古いノートなどに母が詠んだと思われるうたが残っていますが、どうも正子もうたを詠むのがうまかったと脱帽していた母親には敵わなかったらしく、やめてしまったようです。

生前、正子は彼女の母親の様に、呉服屋さんに私を伴う事は殆どありませんでしたし、新しく注文した着物が届いてきても、それについて何処のなんという織物だとか、作家の方の事を説明したりすることは殆どありませんでしたが、時々産地や作家さんの事などをつぶやく事がありました。それを聞きますと、余程気に入っているのだなと思いました。

彼女の持論は、机上で勉強してもたいして身につくものではないというもので、彼女がアメリカから帰って来た時に毎日先生が現れ、机の前に座らされ、源氏物語の講義を聞かされてとても嫌で何も覚えていないと言っておりましたので、あまり私にうるさく言ってもしょうがないと思っていたのでしょう。

私にも振袖など作ってくれる訳ではなく、結婚する時に何枚か作ってくれましたが、注文する前に私に見せるでもなく、出来上がって来た時に言った事は、これならバーさんになっても着られる、というものでした。腹立たしいのですが、私がバーさんになった今でも着られます。

いまもって理由は解らないのですが、彼女は私にあなたは半幅帯しか駄目よ、と言っ

お気に入りのお召し「梅二月」(p166〜167）を着て
自宅の竹林に立つ白洲正子

ておいて私が理由を聞かないうちに死んでしまいました。今でも呪いをかけられたように何処に行くのも半幅帯です。娘に対する何かの理由があったのでしょう。

彼女は着物のＴＰＯに関する常識や決まり事を全く無視していました。彼女の事だからしょうがないと許して下さった世間の方達に感謝です。私の半幅帯もあの人の娘ではしょうがないと許して頂けるのでしょうか。

私も京都や奈良に時々連れていってくれましたが、彼女は自分の取材に忙しく、私にあそこのお寺に行って来いとか、あの神社のなんとかを見て来いとか言っておりました。生来のなまけ者の私は彼女の進言などまるで聞かず、我が家のようにしていた旅館でうどんなどすすりながら、ごろごろしていました。

そんなだらしのない娘に、母は文句を言うでもなく、国宝に囲まれて昼寝とは贅沢な事で、楽しみ方にもいろいろあるものだと妙に感心していました。彼女の持論は誰にでもよい所があるのだから、そこを見なければだめだというものでしたので、そう言うより仕方がなかったのかもしれません。

正子は着る物や身の回りの物、それどころか自分の好みにあったすべての品物が大好きでした。いつも目をひからせていて決して見落とす事はありませんでした。我々は内緒で陰で物欲の王者と呼んでいました。しかし彼女に対して口に出す事はしませんでした。

彼女の晩年は洋服で過ごす事が多くなりました。着物を着るというのは、種々の面倒な事があります。私などは、最近の長襦袢は半襟もつけたままあたかもTシャツの様に洗濯機に放り込んで済ましていますが、母の時代の半襟は絹で針が通り難く、長襦袢に付け替えるのは大変な作業であり、以前の様に気軽に頼める人も居なかったり、また怖ろしいほどのぶきっちょの母には自分でつけるのは到底無理であったりなど理由があったようです。と言って、新しもの好きにしてはジャンルが違うようで、私の様にポリエステルの半襟や長襦袢に手を出す事はありませんでした。

元々彼女の育った環境は当時にしてはハイカラであったらしく、洋服を着るのに全く抵抗がなかったのと、海外からもプレタポルテやオートクチュールなどがどんどん進出して来て、着物と同じように自分の好みが選べるようになった事もあったのでしょう。以前、洋服と着物の違いを母に聞いた事があります。洋服は種々な形があるが、着物は形は殆ど選べず、布地そのものと帯の組み合わせしかないので、布地は大事だと言っておりました。

若い時には洋服も着物も自分の好みだけで選び、似合わなくてもねじ伏せて着る気力と体力があったそうですが、年を取ると好みより、似合わないものを先に選んで除くようになったとも言っておりました。

彼女にとっては、洋服と着物の間には区別がないようにみえました。彼女の選ぶ焼き物などにも、同じ傾向がみられると思います。

（まきやま　かつらこ／白洲次郎・正子の長女）

白洲正子のおしゃれ　心を磨く88の言葉

1

ほんとうのお洒落とは、ちょっと見には平凡で目立たないくせに、どこか人に違って見える人の事をいうのです。

——「奥様のきものについて」

2

よい趣味というものは、世界中共通している。和服とか洋服とか、わけて考えるのが、そもそも観念的なことで、粋とシックに区別はない。

——「日本のきれ」

3

何処の国においても、ほんとうにスマートな人というのは、決して人目を驚かすなりはしていない。地味で、構わないようにみえて、そしてよく見ると一分のスキもない……何につけ真にいいものは、皆一見平凡でしかも見れば見るほど、あきず美しいものに限るようである。

——「風俗・その他」

4

私の知っている英国紳士に、同じ洋服を一打《ダース》ずつ注文する人がいます。彼はあまりにお洒落な為に、洋服はかえたいものの、いつも違う着物を着ていると見られるのがいやなのです。また別の紳士は、一九一〇年のロールスロイスに乗って、毎年のように新しいエンジンをつけかえます。外側は博物館行のような古臭い、丈の高い不恰好な車なので、後から来た車は馬鹿にして、追越そうとするが決して追いつけない。私はそういう人達こそ、ほんとうの伊達者と呼びたくなります。

——「奥様のきものについて」

5

英国のある貴族で大そうしゃれた人がいたが、その人はスーツを決して一揃えずつ着ずにいつも上着とチョッキとズボンをばらばらに着て而もひどく似合ってみえる人が居た。これこそまさに名人芸である。その人は意識的にお洒落をしてみえるのがいやで、そして反ってひどくしゃれてみえるのであった。

――「きもの」

6

自然に生まれたものはいつも美しい。労働にもおしゃれがともなって、悪いはずはありません。いや、すべての美しいものは、実用からはじまるといっていいでしょう。

――『きもの美』「伝統のきもの（1）織物」

7

東京や銀座通りで見られるものだけがいいとは限りません。東北地方の農家の娘さんたちの姿は絵のようにきれいです。庄内地方では、虫よけの為か、顔を半分、布でおおっていますが、トルコ美人のように魅力的に見えます。かくすこと、——それもおしゃれの秘訣の一つです。姐さんかぶりが美しくみえるのもその為かも知れません。

——『きもの美』「きものを選ぶ眼」

8

およそ何百年かの歴史を持つ雪国のモンペは、その生れた故郷において最も美しい。青い空、白い雪。おだやかな山なみと茅葺のなだらかな線を背景にして見るモンペ姿の人達の、落ついた、平和そのものの姿には殆んど威厳があるとも言いたい程の動かす事の出来ぬものがある。其処には流行はないが、不変のたましいがある。

――「きもの」

9

くり返しくり返しあきもせずに女がおしゃれをするのは男の為、と昔からきまっているが、たといそうでなくとも、すくなくとも人に不快の念を与えない為に身だしなみをよくするのは一種の礼儀である。つねに明るいほほえみをもって対するという事が人間の美徳である様に、人をたのしくさせる為によそおうのは、殊に女にとってはかく事の出来ない教養のあらわれである。

——「きもの」

10

つきつめた所、髪を洗ったりお風呂に入る事が何よりも好きな日本人は、着る物にしても、そう多くはいらない、洗いざらした物でいい、只つねにつねに隅から隅まで清浄でありたい。そうねがう気持がいつも心の底にある。ただそれだけしかないといってもいい。

——「きもの」

11

人によって好きな色はいろいろあるだろうが、日本人全体としては、藍にとどめを刺すと思う。

——「藍の魅力。」

12

無地の面白さ、――これがおしゃれの最高です。

――『きもの美』「きものが好きになるまで」

13

私たちは嵯峨の龍安寺へ行きました。はじめ一人で行くつもりのところを、［お清さんは］急にお供をすると言って出ぎわに着物を着かえはじめました。藍の上布に白の一重帯。手あたり次第そこらの着物をひっかけたのが又素晴らしくよく見えたのは言うまでもありません。お清さんはその時、非常に美しい翡翠の帯留をしていました。その帯留の玉を真中にまわすのを忘れて、わきの方へやったなり、いつになったら気がつくだろうと思っていましたがとうとう最後までそのままでした。そのいでたちに、白いじかばきをつっかけて、更紗の傘をさしかけてゆく後ろ姿は、古い新しいに拘わらず、正に世界の流行の尖端をゆくものと見えました。

――「京の女」

14

どこかひところぬけているというのが、おしゃれの原則だと私は思う。

――「ゴルフの装い」

15

人に見せるのでなく、自分がたのしめばよい。きものはその為にあるのです。

――『きもの美』「きものが好きになるまで」

16

きものはたたんでおけるばかりでなく、むしろたたんだ方がきちんとしている。鞄にもつめやすいし、沢山はいる。誰にでも大体合うし、誰にでも縫える。

――『きもの美』「きものが好きになるまで」

17

きものは不思議な作用を及ぼすもので、ふだんはズボンをはいているアメリカ育ちの私も、日本着物をきちんと着ると何だか外に出るのもいやになって、塵ひとつ止どめぬ畳の上でしみじみお茶のひとつも味わいたくなるのはどうした事であろう。

――「きもの」

18

先ず、「きものが着たい」そう思うことが大切です。（中略）着たい気持ちを大事にして、さてその上で洋服と同じ眼でみたらいい、はじめは手さぐりでも、その気持ちさえ持ちつづければ、眼は知らぬ間に肥えていきます。

――『きもの美』「きものを選ぶ眼」

19

若い頃は、何を着てもきれいに見えるものです。何をしても許されるものです。が、ある日、突如として思いどおりに行かなくなる。それが大人になるということかも知れませんが、そこで救いの手をさしのべてくれるのがきものので、これ程身体の欠点をかくしてくれるものはありません。

——「きものと洋服」

20

失敗しないよう、間違いのないよう、安全第一を目ざすのも怪我の元です。たのしみがないから、直ぐあきる。物を覚えるのに、痛いおもいや恥ずかしい目をおそれたのでは成功しない。きものを見る眼も同じことです。

――『きもの美』「きものを選ぶ眼」

21

無駄を恐れたら、きものだけでなく、何も覚えることはできますまい。失敗は成功のモトといいますが、きものだってさんざん失敗して覚えるものなのです。

――『きもの美』「きものが好きになるまで」

22

勿論、きものは自分の為に着るといっても、本来、人に見せる為にあるものです。おしゃれとは、虚栄心以外の何物でもない。だから、見せる為に着ていいのですが、見せびらかす為に着る必要はない。それでは、たのしんでいるとはいえますまい。要は、背のびをしないことで、度々いいますように、自分に似合ったものを見出すことです。

——『きもの美』「きものが好きになるまで」

23

くれぐれも、年齢より自分に似合うということ、全体の調和を考えること、きものの上手な買い方といって、それ以外にはありません。

――『きもの美』「きものが好きになるまで」

24

着物一つ選ぶにしても、自分に似合ったものが取捨選択できるまでには、おろかな流行に一度はかぶれる必要があり、盲目滅法歩いてみる経験がいるのではないでしょうか。少くとも、私の場合はそうでした。もし私に多少とも自分の趣味というものがあるとすれば、そういうあまり利口ではない方法で身につけたのです。

——「モードと女性」

25

着物は、人間が着るもので、着物に着られてはなりません。

——「奥様のきものについて」

26

いくら趣味がよくても、似合わなければ決してスマートには見えないものです。

――「きものと洋服」

27

似る、といい、合う、といい、似合うというのはやっぱりきものが自分か自分がきものかわからぬ程ぴったり身についた事でなくてはなるまい。

――「調和」

28

身につくというのは、ふだん着にきることです。意識しないで、自然に着ることです。

――「きものと洋服」

29

新しいきものも、楽しみなものですが、着なれたきものはもっと親しみがある。もしそれが真面目で、いい織物なら、着ている中に、生地の中から光輝が出て、新しいものにはない底光りがして来ます。染物の場合は、色が落ちつき、深味が出て、何ともいえない味わいになる。流行にさほど左右されないきものは、未来をねらって作られているといっていいのです。

――「きものと洋服」

30

どんな豪華な衣装でも、ぴったり身について、ふだん着のように見えればしめたもの。そういうことを「着こなし」というのです。

――『きもの美』「きものを選ぶ眼」

31

見るからに新しい仕立おろしの着物よりも、よいほどに着馴れたものはいつも身にぴったりついて美しくみえるものである。

——「風俗・その他」

32

私は、美しいきものはほしくはない。顔のきれいな人が羨しいとも思わない。
ただ、人ときものの完全な調和をのぞむのである。

――「調和」

33

なるほど、一つ一つとってみれば実にいい、手もかかっている、が、全体のとりあわせが悪ければ、みにくくなることもあり得るのです。

——『きもの美』「きものが好きになるまで」

34

洋服の場合は、型と生地が主ですが、きものには、調和の面白さがある。むろん洋服にもあることですが、それとは少し違って、バラバラのものを使って統一するという別なたのしみが見出せます。

たとえばきものと帯には反対色を使います。表と裏もそうです。黒のきものに、ひき茶（さびた緑）の裾回し、それをえんじの帯でひき立たせる。帯止には、裾回しの色をエコー（山彦）にして、ひき茶でしめてもいいでしょう。ぐっと渋くいって、ねずみのきものに、さび朱の帯、目立つのは、黄八丈に紫の帯、といった風に、取り合せの面白さにきりはありません。不協和音を、わざと持ってくることで、全体がひきしまることもある。

——『きもの美』「きものを選ぶ眼」

35

若い頃はいくら地味なものを着てもかまわない。かえって中年になって地味すぎると老けてしまう。また太っているからといって、やわらかいものを着るのも反対で、むしろ紬みたいなものの方が身体の線がかくせるし、こまかすぎる柄も同じことがいえます。

――『きもの美』「きものを選ぶ眼」

36

凝ればいくらでもあそぶことができますが、凝りすぎたのは鼻につきます。あまり由緒来歴をひけらかすことも、すっきりしません。ものは程々に投げやりなのが美しい。おしゃれな人は、上等の結城を、「結城なんて何だい」てな調子で、着こなしているものです。

――『きもの美』「きものを選ぶ眼」

37

こりすぎたのはかえってやぼなものです。

――「日本のきれ」

38

つかず・はなれず、――それがきものの調和です。

――『きもの美』「きものを選ぶ眼」

39

何でも、その環境に、ぴったりしたものが美しい。そうかといって、合いすぎるのも困りものです。（中略）上から下までごつごつした民芸ずくめというのも、息がつまる風景です。もし、きものや羽織がそうしたものなら、スカーフだけでも逃げてほしい。

——『きもの美』「きものを選ぶ眼」

40

はでと、けばけばは質を異にします。（中略）きものだけを見せびらかす体のきものは、その人柄まで見えすけてしまいます。

――『きもの美』「きものが好きになるまで」

41

銀糸、金糸、金襴の類も使いよう一つで、美しくもなればみにくくもなる。ゆめゆめ安物に手を出してはなりません。実質より以上のものに見せかけるのは、近代が生んだインチキ精神です。といって高価な金銀を使ったものでも、まるでお金をしょって歩いてるようにみえる場合もなくはありません。あれでは心身ともに重たくてかなわないでしょう。

――『きもの美』「きものを選ぶ眼」

42

どちらかというと、他の人々よりひかえ目なきものの方が、見た目にも、自分の気持ちでも、楽なものではないでしょうか。少なくとも、きものにおぶさってまで立派に見える必要はないと考えます。

――『きもの美』「どこで何を着ればよいか」

43

きものばかりでなく、どんな物でも、人間と同じようにつき合ってはじめて互いに知り合うことができるのです。着付けといって、しまいにはきものの方からついてくるようになりましょう。その時、はじめて着こなせる。きものが似合う、といえるのです。

――『きもの美』「どこで何を着ればよいか」

44

文は人なり、という恐ろしい言葉があるけれども、織物もまた人なりで、これほど造った人の人格があらわれるものはない。たとえば、結城は結城にちがいなくても、よく見ればそのひとつひとつがちがう。着てみると、よけいはっきりする。織り手の名前は不明でも、その個性、その心が、肌身にじかに伝わってくるからだ。

――「織物は語る」

45

自分の仕事にほれこまないような人間に、特にきもののようなものは、美しいものができるはずはありません。

――『きもの美』「きものが好きになるまで」

46

［福田屋千吉さんに］女のきものを作るのが、なぜそんなに楽しいのか、私はあるとき興味をもって聞いてみると、
「大きな声じゃいえませんがね、あっしゃ、奥さんがたのきものを作るときでも、みんな自分の情婦《いろ》に着せると思って作るんですよ。そうでなくっちゃ、いいきものはできません」と確信をもって答えた。

――「きものをつくる人達」

47

平絹やちりめんにしても、昔、手で織られたものは美しい。機械のように、一生懸命平らに織ろうとして織れなかったからです。

――『きもの美』「伝統のきもの（1）織物」

48

今、染色工芸の上に、私達がほしいものは、芸術家ではなく、職人だ。芸術品をこさえようとするから失敗する。いい物をつくれば、おのずからそこに芸術は在るだろう。

――「自分の色」

49

見るだけのファッションショーなんかつまらない、さわったり、着てみたり、買ったり出来ないのなんかつまらない。

——牧山桂子『次郎と正子』

50

着物を男性のように着たい、そうすればもっと簡単に着られるようになって着物が普及し、日本になくなりかけている技術も継承されていくのではないか。

——牧山桂子『次郎と正子』

白洲正子ときもの　春・夏

銀座の染織の店「こうげい」にて

春

夏

51

いくらうわべは若々しくても、精神が老いれば、それが表面に出ない筈はなく、そういうものがほんとうのおしゃれとはいえますまい。

――「きものと洋服」

52

頭は使わなければさびつきます。人間も磨かなければ曇ります。若い頃美男だった人が三十になるとふつうの男になり、四十すぎると見られなくなるのは、みんな自分のせいです。時間のせいではありません。本来ならば、人間は老人になればなる程美しくなっていい筈です。

――『たしなみについて』「たしなみについて」

53

老人まで、若者の真似をし、いつまでもお若い、などといわれて悦に入っている。（中略）そんな風では今まで経て来た苦労や経験が、勿体《もったい》ないのではないか。若い人達は、それなりで美しいのだから、何もいうことはない。問題は中年すぎてからで、男も女も自分の顔に責任を持たなければならないなどといわれているが、気がついてからあわてたのでは遅かろう。

――「日本のもの・日本のかたち」

54

色気という言葉も、今はどちらかと云えば悪い意味に使われる。ほんとうに色気のある女性が、少くなったせいかも知れない。いい意味に使われる場合でも、色気というより、エロティシズムといった方がふさわしい。仕方なしに、お色気などといってみるが、敬語をつけると、反って不潔に見えたりする。私がいうのは、そういった種類の色気ではない。かくしても自然ににじみ出る女らしさ、後ろ姿にも現れる柔らかな感じ、年をとっても魅力の失せぬ女性のことをいうのである。老妓はむろんのこと、料理屋や宿屋のおかみさんにも、昔はそういう人が多かった。私の里の別荘番は、百姓をしていたが、お婆さんは色の白い黒目がちの人で、当時でも珍しいお歯黒をつけており、にこっとした時なぞ歌舞伎の女形を思わせた。彼等に共通な点は、ひと口に云えば涼しげなことで、先に書いた西郷従道氏の夫人など、恰幅《かっぷく》のいい、堂々とした貴婦人であったが、爽やかな感じに変りはなく、子供心にも、特別美しい方として覚えている。そこには万年娘のきれいさはなく、円熟した大人の美しさがあった。

――「日本のもの・日本のかたち」

55

「人間」に年などありません。若くとも一所にじっとしているならば、それは既に老いたのです。

——『たしなみについて』「たしなみについて」

56

間違えるとか行きすぎということは若い人達の特権です。やがて、間違うことも出来なくなる日が必ず来る。その時、もっとやっておけばよかったと悔んでみても遅いのです。

――「モードと女性」

57

暮しは楽な方がいいにきまっている。人間が平等であることも、お釈迦様以来説かれて来た。その点、封建時代の方がよかったなどとは夢にも思わないが、楽になることと、幸福になることは、おのずから違うようである。

——「日本のもの・日本のかたち」

58

悲しみはかわいがれば、雪だるまの様にいくらでも大きくなって行く……。
（中略）くよくよする人、愚痴っぽい人、多くの場合、彼等は単なる「なまけもの」なのだ。

――「夫婦の生活」

59

家事が忙しくて、本を読む暇もないとこぼす奥さん達も信用できない。そういう人に限って、暇があったらテレビかお喋りですごすのは目に見えている。

――「日本のもの・日本のかたち」

60

私がほんとうに申上げたかったのは、人間の魅力とか美しさなどというものに、男女の別はない、ということです。（中略）要は直ちに何か実行することにあります。そして「山登りに飛躍がない」ようにそれを長くつづけることです。一つ一つの積み重なりの上に、私達のマナスルがある日雲を破って現れる。新しい日本の女性の為に、そういう日が来ることを私はかたく信じております。

——「スポーツについて」

61

何でも良いから一つ、好きなことに集中して井戸を掘りなさいよ。

――牧山圭男『白洲家の日々』

62

人間が、生れつきのものを克服した時、そこに現れるのは、やはり生れつきのものではないでしょうか。どんなに戦おうと、苦しもうと、自然の力には勝てない。天才は努力のたまものだといいますけれど、生れつき努力することが好きなのが天才なのかも知れません。

――「美男論」

63

飽きる、という事は悪い事ですが、人間はどうしても、たとえどんな美しい物いい物と知っていても、やがて飽きてしまう性質を持っています。そのままで居れば幸福であるものを、わざと不幸を招く様な事をするのは、ほんとに馬鹿げていますけれども、もし人間が飽きっぽくなかったら、成長も発達もする気づかいはありません。

――『たしなみについて』「たしなみについて」

64

この世界［骨董］では、贋物にひっかからないことは少しも自慢にはならぬ。女にだまされない男が、女を知らないようなもので、博物館や学者の意見を聞いて、安全なものだけ買っていれば、間違いはないかわり、進歩も望めないのである。（中略）真贋などとやかくいうのは無意味であろう。ただ、好きか嫌いか、つまるところはそれしかない。別の言葉でいえば、信じられるのは、自分しかない、ということだ。

――「日本のもの・日本のかたち」

65

自分が欲しいと思ったら絶対に手放してはいけない。

——牧山桂子『次郎と正子』

66

先ず、好きなものを買ってごらんなさい。物が教えてくれることがある筈です。本を読むのはそれから後でよろしいと。

——「日本のもの・日本のかたち」

67

美しいものに値段はない。たとえ国宝でも、貰っても困るものがあるし、安くても二つとない逸品もある。無数にある日用品の中から、そういうものを見つける程たのしみなことはないが、私の経験では、むしろその方がむつかしい。掘出し物をいうのではない、同じようなものが沢山あって、区別がつきにくいのと、高価なものは、お金さえあれば手に入るが、安物の場合は、自分の眼だけが頼りだからである。

――「雪月花」

68

どうしても、〔自分の〕好きなものの方が先に売れていくのです。その時、きものも一種の生きものだ、とさとりました。そして、自分の好きなものを勧めるのがほんとのサービスだ、そう思うようにもなりました。

――『きもの美』「きものが好きになるまで」

69

贋物を恐れていては真物に行き当たらない。

――牧山圭男『白洲家の日々』

70

人は経験することによってのみ、取返しのつかぬことを知るものだ。他人にいわれて、うわの空で買い、うわの空で売ったのでは、どんな逸品も、屑にひとしい。贋物を買うことより、そういう月謝のほうがはるかに高くつくのではないだろうか。少なくとも贋物は、一生忘れない深い傷口を残してくれる。

――「月謝は高かった」

71

不完全なものの美しさ、やつれの味、そうしたものが日本の美しさといえるかも知れません。だからといって、完全なものが悪いというのではありません。一方に、完璧な美しさがあればこそ、こういう贅沢な好みも生まれたので、それはお茶の方でいう、わびとかさびに通じるものです。近頃は、そういうものをひねこびた趣味として、排斥する傾向がありますが、実はこれほど生命力にあふれたものはない。完全なもの、きれいなもの、誰が見てもわかるもの、それを卒業した上でのあそびなのです。ひねこびさしたのは茶人の罪であって、美しいものの関知しないことです。

――『きもの美』「きものを選ぶ眼」

72

世阿弥でいえば物真似の芸を駆使して、平安朝の文化を模倣し、模倣のはてに独自の世界を打建てた。敵を知りつくしたとも云えよう。歴史はそういう風に動くもののようである。昔は悪い、駄目だと一概に斥《しりぞ》ける人に、何か造り出せたためしはない。

——「日本のもの・日本のかたち」

73

花器はものだが、花はものではない。活けてはじめて「ものに成る」。活けるというのは、実にいい言葉で、花は野にあっても生きているのに、それだけでは未だほんとうに生きているとはいえない、器に活けた時、はじめて生命を得る。だから、花瓶のことを「花生け」というし、花道のことを「生け花」というのだろう。

――「日本のもの・日本のかたち」

74

物とも人間と同じように付き合わなくちゃ。

——牧山圭男『白洲家の日々』

75

物を、理解することはやさしい。お経を読めば、信仰のない者にも解るのである。しかしそれでは解説を読んで、美術が解ったつもりになるのと同じことで、美も、信仰も、そんな所にはない。(中略)文化人というものが、多くを読み、多くを知るだけで足れりとするなら、私は文化人などになりたくはない。

――「法隆寺展にて」

76

すべて美しいものは説明や解釈をよせつけもしない。

――「梅若万三郎」

77

遠くを見ようとして、頭で考えたり、また、四方八方をきょろきょろ見廻すだけでは何の足しにもならない。本当に「遠くを見る」ためには、肉眼ではとらえられないものを、あたかも見るがごとく全身に感じとることである。

――「相生の松」

78

美に東西はないように、好い趣味というのは世界共通なものです。

――『きもの美』「きものが好きになるまで」

79

伝統のないところに芸術もないように、美しい洋服とてもいきなり生れる筈はない。外国人のために出来上った流行の型ばかりあさらないで、しばしスタイルブックを下において、目を自分の国の美しいもの、――それはせとものでも絵でも彫刻でも何でもいい――に向けてほしい。

――「風俗・その他」

80

国際的にならなくちゃいけないということを、島国の日本としてはみんな考える。これも正しいことなんです。確かに国際的になって、世界の人類のために日本が尽くすということは大事なんです。だけれども、その方法がずいぶん間違っていやしないかと思います。国際的というと、たいへんハイカラになっちゃって向うの人に似せる、英語をしゃべらなければいけない、すべて外国の生活に似なくちゃならない。そんなものは大嘘であって、向うの人は、そんなものは認めません。そんなものはちっとも面白くはないんです。そうじゃなくて、日本人が日本のものをちゃんと身につけていますれば、向うも初めて、自分たちとは違う、自分たちの持っていないものがあると認めてくれるのです。

――「講演速記録『日本のこころ』」

81

日本のものをちゃんと持っていないと、外国人に馬鹿にされるよ。

——牧山圭男『白洲家の日々』

82

愛情のある所に嫉妬が生れるのは当然ですが、動物的な感情はほっとけばどんなことでもやりかねません。空想は空想を生み、はては相手をにくむまでに至ります。真の愛情は、疑うより信ずることにあります。そして絶対の信頼は、いつも信じられた側の負けにきまっているのです。

――「夫婦の生活」

83

千の「思うこと」も、一つの小さな行為の前に、いかにむなしいか。そこに出発し、そこにかえらぬかぎり、どんなに立派な「思うこと」もしょせん放言にすぎまい。

――「思うこと　拾遺」

84

田舎に住んでまともな生活をしている人は田舎者とはいわない。都会の中で恥も外聞もなく振舞う人種をイナカモンというのよ。

――牧山圭男『白洲家の日々』

85

自分の権利である以上、むだにしようがしまいが勝手だという根性ほど見下げたものはないと思う。

――「思うこと　拾遺」

86

悲しい時には、泣き叫べばいい。怒った時はどなればいい。それは衛生にいいかも知れないが、次には狂気と暴力が待構えていることも、併せて銘記すべきだろう。

——「日本のもの・日本のかたち」

87

黙っていることで、相手の感情を刺激しないことはやさしい。だがそのために他の人々の感情を刺激しないとは限らない。

――「石筆」

88

今、私たちは、何をいえば歓迎されるか、知っている。いや、知りすぎている。それはあまりにやさしいことではないか。遠くの方を眺めるとき、この怠慢がどういう結果をもたらすか、私にはそのことの方が、目前の世間よりよほど恐ろしいものに思われる。

——「思うこと　拾遺」

白洲正子ときもの　秋・冬

自邸にて、田島隆夫作の羽織を着て

秋

冬

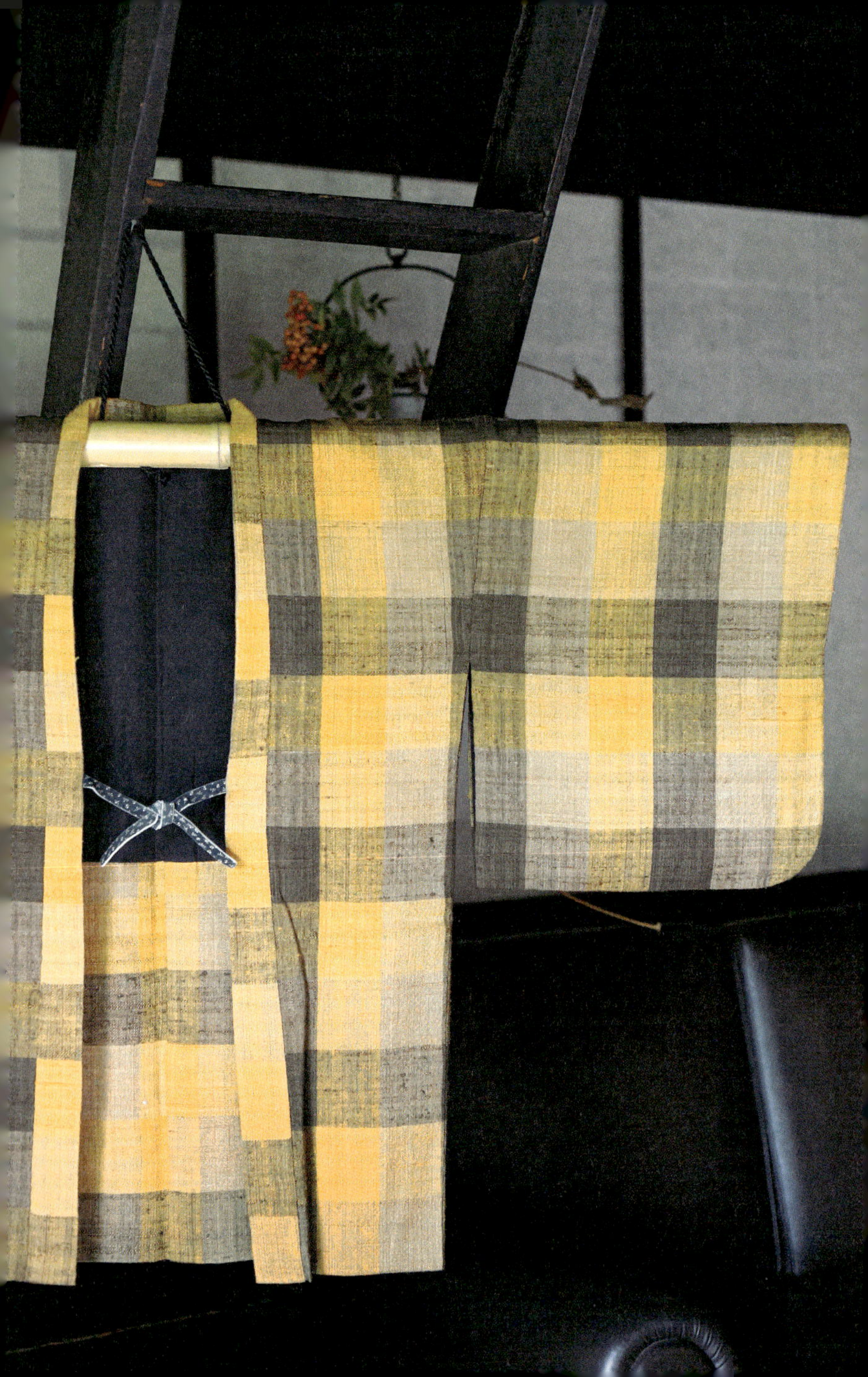

本書で紹介した着物などについて

＊以下は、1〜16、18ページ、81〜104ページ、145〜168ページに掲載した着物などの写真の説明です。
＊着物、帯、小物類、洋服も含め、白洲正子旧蔵のものです。
＊すべて本書のために2016年8〜9月、旧白洲邸 武相荘にて撮り下ろしました。

1頁 正子の母・常子から受け継いだ小袖

2頁 常子が遺した楮《こうぞ》の揉紙の帯

3頁 正子が好んで締めた半巾帯各種

4頁 晩年よく羽織ったミッソーニの上着2着。どちらもリバーシブルで着られる

5頁 読谷山花織《よみたんざはなおり》の羽織。裏地に用いられているのは木綿の紅型《びんがた》

洋装も和装も、裏側など見えない部分に気を遣うのがおしゃれの真髄である

違うものが合わさって、美しさを出す。正子は「よびつぎ」の美を日本の文化といった。それは洋服でも和服でも物でも同じことであろう

6頁 上／ミッソーニのパッチワークのような柄のジャケット

下右／田島隆夫《たじまたかお》が余った織地を継いでつくり、正子に贈った膝掛け

下左／江戸初期の織部図変り皿。秦秀雄《はたひでお》

が長年かけて集めた五品

7頁

布は、解《ほど》いて小物や仕服《しふく》などいろいろなものに作り直して、また新しく甦らせることができるのが楽しい

上／ジバンシイのパーティードレス。ロングスカートの生地が、仕服によさそうだと気に入ったので買ったという

下／愛用した袋物3種

8頁

洋服も着物も、正子は自分好みの合わせ方で楽しんだ

右／サンローランのブラウスとスカートに、ベージュのピーコートを合わせて着る。下はオシュコシュのトランクとエルメスのショルダーバッグ

左／同じブラウスとスカートに、三点セットのツイードのスーツのジャケットのみを合わせるのも好みの着方だった。下はルイ・ヴィトンのトランク

9頁

右／宗廣力三《むねひろりきぞう》作の郡上紬《ぐじょうつむぎ》に、古澤万千子《ふるさわまちこ》が染めた帯

左／同じ着物に、ロートン織半巾帯

10頁

上右／綿薩摩十字絣にパトラ風の半巾帯

上左／綿絣に古澤万千子作の帯

下右／木綿経縞着物に木綿藍染め花鳥文帯

下左／青地綿薩摩亀甲文絣に立花長子《たちばなちょうこ》作の型染め帯

11頁

上右／木綿波に舟の着物に木綿縞柄半巾帯

上左／小千谷縮《おぢやちぢみ》に麻地帯

下右／結城紬に紬地半巾帯

下左／綾中《あやなか》と呼ばれる伝統柄の琉球絣に紬地半巾帯

12頁

上右／田島隆夫作のこげ茶縞着物に柳悦《やなぎよし》博《ひろ》作の吉野織帯

上左／菊池洋守《きくちひろもり》作の紬の着物に古澤万千

子作の麻地の帯
下右／田島隆夫作の琉球絣の着物に紬地半巾帯
下左／同じ着物にコプト風半巾帯

13頁 立花長子作の型染めの着物と金地半巾帯

14頁 古澤万千子作の桜の羽織

15頁 吉田《よしだ》英子《えいこ》作の刺子の半纏

16頁 田島隆夫から経帷子用にと贈られた白地布。正子は帷子どころかウェディングドレスにしたいと言っていた。白洲次郎が愛用したシルクハットとともに

18頁 誂えの乗馬用ジャケット。裏地の裾部分は革。下はシルクハットのケース

81頁 春にふさわしい着物4点と羽織2点。右から、白地綿薩摩、田島隆夫作の琉球絣、大島郁《おおしまいく》作のロートン織2点、古澤万千子作の桜の羽織（上）、立花長子作の型染めの羽織（下）

82頁 麻地着物（全体と部分）

83頁 綿薩摩十字絣（全体と部分）

84頁 大島郁作のロートン織

85頁 大島郁作の横浮織（手前）と白地綿薩摩

86頁 上代御召地《じょうだいおめしじ》金彩附下《きんさいつけさげ》

87頁 首里織とインカ風柄の半巾帯

88頁 柳悦博作の刺子織の帯

89頁 古澤万千子作の藍に雲の帯

90・91頁 立花長子作の型染めの羽織2点

92頁 波に千鳥の型染めの羽織

93頁 夏を涼やかに過ごす着物5点。右から、藍地琉球絣、越後上布、小千谷縮、更紗柄浴衣、むじな菊の浴衣

94頁 青地綿薩摩亀甲文絣

95頁 柳悦孝《やなぎよしたか》作、竹に鉄線文の絣の着物

96・97頁 沖縄の紅型作家、藤村玲子《ふじむられいこ》が染めた紅型の着物3点

98頁　関口信男《せきぐちのぶお》作のめだか文（全体と部分）
99頁　関口信男作の水鳥文
100頁　田畑喜八《たばたきはち》（四代）作の麻地蜻蛉文帯
101頁　右／格子柄帯2点
左／柳悦博作の葛布の帯2点
102頁　右左とも、宮古上布
103頁　琉球綿絣
104頁　芭蕉布。袖全体が身頃に付く筒袖で、褄《つま》下《した》が短い琉球仕立て
145頁　秋にふさわしい着物5点。右から、菊池洋守作の黄八丈、菊池洋守作の紬、大島郁作のロートン織、琉球絣綾中、御召地小紋
146頁　濃紺紬地に金箔で吹き寄せ文様を配した着物。帯は高台寺蒔絵の意匠の帯
147頁　雲文帯（右）とアラベスク風の帯（左）
148頁　柳悦博作の薄茶地絵羽文着物（全体と部分）
149頁　大島郁作のロートン織（全体と部分）
150・151頁　菊文型染め小紋。裾裏と袖裏の色を変えて付けた（全体と部分）
152頁　田島隆夫作、琉球絣濃藍色格子の着物
153頁　菊池洋守作の黄八丈（全体と部分）
154頁　麻の葉文木綿絣の羽織
155頁　松皮菱柄木綿絣の羽織
156頁　上右／宗廣力三作、郡上紬の羽織。襟巾が細く丈が短いのが正子好み
上左／絣のちゃんちゃんこ
下右／終生正子のそばで世話をしてくれた長坂さんが縫ってくれたちゃんちゃんこ
下左／弓浜絣の着物。これは、弓浜絣の染織作家・嶋田悦子《しまだえつこ》の母、稲岡文子《いなおかふみこ》の指示で昭和30年代につくられたもの
157頁　冬の着物4点と羽織2点。右から、田島

隆夫作の格子柄の羽織2点（上下）、柳悦博が織り古澤万千子が染めた着物「梅二月」、芹沢銈介《せりざわけいすけ》作の型染め、大島郁作のロートン織、首里織手縞《てじま》

158頁　大島郁作のロートン織の着物

159頁　芹沢銈介作の型染めの着物

160頁　雪輪文帯（手前）と紬地帯

161頁　大島郁作のめがね織の着物

162頁　久米島紬（全体と部分）

163頁　首里織。手縞という伝統的な柄（全体と部分）

164・165頁　田島隆夫作の羽織2点

166・167頁　「梅二月」。古澤万千子が花の輪郭を蘇芳《すおう》で淡く染め、梅一輪ずつを墨と顔料で仕上げた。生地は柳悦博による吉野格子（全体と部分）

168頁　正子愛用の帯締め各種

※本書に収載した白洲正子の言葉は、『白洲正子全集』（全14巻・別巻1、新潮社刊）および牧山桂子著『次郎と正子　娘が語る素顔の白洲家』、牧山圭男著『白洲家の日々　娘婿が見た次郎と正子』（いずれも新潮文庫）、白洲正子著『ひたごころ』（ワイアンドエフ刊）から引用しました。
※各言葉の末尾に、引用の元となった書名と章名もしくはエッセイタイトルを記してあります。
※編集部による補足は、［　］で括って記しました。
※本書には、今日からみれば不適切と思われる表現がありますが、当時の時代背景に鑑み、原文のままといたしました。
※本書収録の写真で撮影者が明らかでなく、連絡のとれないものがありました。ご存じの方はお知らせ下さい。

写真撮影　青木登（新潮社写真部）1〜16頁、18頁、81〜104頁、145〜168頁
写真提供　旧白洲邸 武相荘　17・25・80・144頁

本文デザイン　中村香織
装幀　新潮社装幀室

白洲正子（しらす・まさこ）
1910年東京生まれ。幼い頃より能を学び、14歳で女性として初めて能舞台に立ち、米国留学へ。1928年帰国、翌年白洲次郎（1902〜85）と結婚。古典文学、工芸、骨董、自然などについて随筆を執筆。『能面』『かくれ里』『日本のたくみ』『西行』など著書多数。1998年没。

牧山桂子（まきやま・かつらこ）
1940年東京生まれ。白洲次郎・正子の長女。2001年10月に東京・鶴川の旧白洲邸 武相荘を記念館として開館。著書に『次郎と正子　娘が語る素顔の白洲家』『白洲次郎・正子の食卓』『白洲家の晩ごはん』など。

白洲《しらす》正子《まさこ》のおしゃれ　心《こころ》を磨《みが》く88の言葉《ことば》

二〇一六年一二月二〇日　発行
二〇二三年　五　月二五日　二刷

著者　白洲《しらす》正子《まさこ》　牧山《まきやま》桂子《かつらこ》

発行者　佐藤隆信
発行所　株式会社新潮社
郵便番号一六二―八七一一
東京都新宿区矢来町七一
電話　編集部〇三―三二六六―五六一一
読者係〇三―三二六六―五一一一
https://www.shinchosha.co.jp

印刷所　半七写真印刷工業株式会社

製本所　加藤製本株式会社

価格はカバーに表示してあります。

ISBN978-4-10-310722-4　C0095